U0840069

Original title: Un bébé dans le ventre de maman ?
Text and illustrations by Stephanie Blake

Published by arrangement with Dakai – L'Agence

版权合同登记号: 14-2023-0035

图书在版编目（CIP）数据

妈妈肚子里有个小宝宝 /（法）丝特法妮 · 布莱克文、图；武娟译 . -- 南昌：二十一世纪出版社集团，2023.10
ISBN 978-7-5568-7852-9

Ⅰ . ①妈… Ⅱ . ①丝… ②武… Ⅲ . ①儿童故事 - 图画故事 - 法国 - 现代 Ⅳ . ① I565.85

中国国家版本馆 CIP 数据核字（2023）第 212741 号

妈妈肚子里有个小宝宝

MAMA DUZI LI YOU GE XIAO BAOBAO

[法] 丝特法妮 · 布莱克 文 / 图　武 娟 译

出 版 人：刘凯军
责任编辑：殷学连
特约编辑：高　媛
美术编辑：高　媛
出版发行：二十一世纪出版社集团
（江西省南昌市子安路 75 号 330025）
网　　址：www.21cccc.com cc21@163.net
经　　销：全国新华书店
印　　刷：鸿博昊天科技有限公司
版　　次：2023 年 10 月第 1 版
印　　次：2023 年 10 月第 1 次印刷
开　　本：889 mm × 1194 mm　1/16
印　　张：2.25
字　　数：12.5 千字
书　　号：ISBN 978-7-5568-7852-9
定　　价：19.80 元

赣版权登字 -04-2023-729　
购买本社图书，如有问题请联系我们：扫描封底二维码进入官方服务号。服务电话：010-64462163（工作时间可拨打）；服务邮箱：21sjcbs@21cccc.com。

妈妈肚子里
有个小宝宝

[法]丝特法妮·布莱克　文/图　武娟　译

上学前，西蒙和弟弟
在玩
小汽车。
“小心，
赛车全速前进！”
西蒙说。
“让开，消防车来了！
呜哇！呜哇！呜哇！”
弟弟说。
“轰！嘣！
哎呀，出车祸了！爆炸了！”
西蒙大叫着。

“孩子们，
我有件重要的事情
要和你们说！”
妈妈的声音跟以前有些不一样。
西蒙很奇怪，不玩小汽车了。
弟弟也不玩了。

“妈妈的肚子里
有一个小宝宝。
你们要有小妹妹或者小弟弟了！”
爸爸妈妈一起说。
“他几点来？”弟弟问。
爸爸笑了，妈妈也笑了。
“小宝宝要先在妈妈的肚子里长大一些，
几个月以后才出来。
你们高兴吗？”妈妈问。
“不机（知）道，我不认识小宝宝。”
弟弟回答。

去学校的路上，
西蒙突然问：
“爸爸，宝宝是从耳朵里来的吗？”
“耳朵里？”
弟弟很好奇，跟着问。
“这个嘛，晚上我再告诉你们。”
爸爸说。

课间休息时，
西蒙一直在想这个问题，
都忘了出去玩。
“西蒙，要出去玩吗？”
露露问。

“你怎么了，看起来怪怪的？”

“露露，

你知道小宝宝是从哪里来的吗？”

西蒙突然问。

啊，这个我知道。
我看过一本书，书里说——
爸爸身体里的小精子和妈妈身体里的小卵子
在妈妈身体里相遇了。
慢慢地，它们融为一体，长成了小宝宝。
小宝宝在妈妈的肚子里一点点长大，
妈妈的肚子也越来越大。
几个月后，妈妈就要去医院生小宝宝了。
小宝宝刚生出来的时候，光着屁股，
连话也不会说。
他饿了、冷了，就只会哭。
他需要喝奶、穿衣服，
还要很多很多的亲吻。

“原来宝宝是这样出生的啊！”
西蒙恍然大悟。
“难道你以为宝宝是从
耳朵里钻出来的吗？！”
露露哈哈大笑起来。

“走吧，西蒙，
我们去玩捉迷藏！”
露露说。

起点
1
2
3
4
5
6
7
8
终点

放学了，
爸爸来接西蒙。
“爸爸，
你不用说了，
我已经都知道了！”
西蒙说。

“你是怎么知道的？”
爸爸问。
“这是一个秘密。”

“爸爸，你说宝宝是从哪里来的？”
弟弟问。
“嘘，小不点，
等你再长大一点儿，我就告诉你！”
西蒙说。

还可以看
这些书哟！

[法]丝特法妮·布莱克 文/图 武娟 译
小不点

[法]丝特法妮·布莱克 文/图 武娟 译
不是我！

哈哈，
不是真的！
[法]丝特法妮·布莱克 文/图 武娟 译

[法]丝特法妮·布莱克 文/图 武娟 译
我要
这个！

[法]丝特法妮·布莱克 文/图 武娟 译
别烦我，
小不点！